戸渡阿見
詩集

ねこ立つ紅茶！

たちばな出版

戸渡阿見詩集

ねこ立(た)つ紅茶(こうちゃ)！　目次

まえがき 8

動物 植物 昆虫に負けるもんか 22

幸せ 34

忍者 38

雨もり 42

干柿 44

わが家 48

ラブリーな中途半端 54

泡立つ紅茶 60

ネクタイ　70

パーマ　74

プラットホームにて　78

使命　88

一つを選ぶな　90

蝶々とトンボ　94

電流 102

黄金の国 104

旅 110

ジェロニモ 118

ブエノスアイレス 120

海 124

林 130

ペンギン 132

アザラシ 138

天狗 144

ゾウリ虫 146

福の神 152

星空 162

黴菌 168

知らない内に 174

怪しい手 178

消しゴム 184

道 198

眠れない時 208

飛ぶ 216

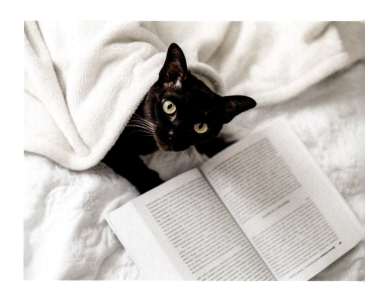

まえがき

詩人は「死人」に聞こえ、俳人は「廃人」に聞こえ、歌人は「佳人」に聞こえます。そう考えると、歌人が一番いいと歌人岡野弘彦氏は言いました。詩人に言わせると、詩人は「思人」であり、俳人は「蠅人」であり、歌人は「蚊人」かも知れません。いずれにしろ、俳人はまじめな人が多く、歌人は洒脱な人が多く、詩人はまじめな人と、変わった人の両方がいます。

本書は詩集ですが、私は俳人であり、歌人であり、小説家でもあります。俳句は、十八歳から作り始め、いまでは現代俳句協会の会員です。短歌は、昭和天皇の短歌の師である岡野弘彦氏に習っ

ていました。しかし、俳句ほど本格的にはならず、もっぱら、禅僧のように道歌を詠むだけです。しかし、また短歌を作りたいとも思っています。

短歌の「調べ」と、俳句の「切れ」は違います。それで、なかなか両立はできないのですが、寺山修司のように、個性的な両立ができたら理想です。

このように、短歌も俳句も好きなのですが、自由詩を作り始めるようになったのは、つい最近のことです。以前から作曲や作詞をやり、短い言葉の詩集は、『神との語らい』というタイトルで、三冊出版したことがあります。しかし、本格的な自由詩は、この詩集が初めてなのです。

私の性質は、どちらかと言えば「死人」「廃人」「佳人」と、「思人」

「蠅人」「蚊人」が入り混じり、「志人」「拝人」「花人」や、「子人」「灰人」「火人」を、そこにまぶしたようなもの。だから、本来は、小説や自由詩が合っているのかも知れません。

ところで、現代の詩人では、「まどみちお」や谷川俊太郎はよく知られますが、それ以外の詩人は、あまり知られていません。中原中也や萩原朔太郎、宮沢賢治なども有名ですが、私にとっては、とにかく暗いのです。現代の有名詩人の詩集を見ても、難解で暗いものばかりです。島崎藤村やシェークスピア、武者小路実篤の詩は、まだ明るくてわかりやすい。特に、武者小路実篤の詩には、わかり易くて前向きで、好きな詩がたくさんあります。でも、最近は誰も読まなくなりました。

二十代の頃は、リルケやハイネ、ボードレールなども読みまし

たが、眠くてよくわかりませんでした。現代の有名な詩人の詩をみても、わからないものが沢山あります。普通の人が読んで解らない詩を、詩人が書く意味はどこにあるのか。いつも、疑問に思う所です。その点、「まどみちお」は最もわかり易く、最も深い気がします。だから、日本人で初めてアンデルセン賞を受賞したのでしょう。

 普通の人に何が言いたいのか、良く解らないものは、アニメでも大賞は受賞しません。「千と千尋の神隠し」がアカデミー賞を受賞し、「ハウルの動く城」、「もののけ姫」が受賞しなかったのは、そのためです。普通の知識人なら、誰でもその事は解るはずです。「崖の上のポニョ」も、ちょっと難しいでしょう。

 ところで、最近、谷川俊太郎の詩集をしっかり読んで、とても

解り易く、明るく、自由奔放なことに驚きました。新川和江もわかり易く、明るく、自由な詩心があり、大好きになりました。詩は、やはり、詩の言葉より詩心に重心があり、難解な言葉や表現に凝る人は、よほど詩心に自信がないのでしょう。「まどみちお」は、ありのままの詩心で、正面から勝負する所が偉大です。

ところで、短歌や俳句で大切なのは、第一は詩心であり、第二に言葉の意味が五十％、あとの五十％は、言葉の調べです。さらに、有り型のパターンにならない意外性があり、その人にしか詠めない個性と、その人らしい輝きがあることが大切です。そこに、芸術性を見出すのです。

これは、詩でも作詞でも、小説や戯曲でも、本質は同じでしょう。谷川俊太郎やまどみちお、新川和江も同じです。いい詩を書

く人は、皆その本質に根ざし、生き生きとした魂の品格がありま
す。それが表に顕れると、明るくて自由な、輝く詩心になるので
す。私は、これらの人々の詩集を丹念に読んで、急に詩に開眼し、
自由詩がどんどん書けるようになりました。

ところで、私はいろんなジャンルの絵を描く、画家でもありま
す。最初に絵の勉強を始めたのは、俳画や仏画、水墨画や日本画
でした。それから、十年以上経って西洋画を始めたのです。西洋
画を始めて解ったことは、西洋画とは、何でもありの世界だと言
うことです。必ずしも、キャンバスに描かなくてもいいし、立体
やコラージュ、画材も何でもありで、びっくりしました。抽象画
があり、キュビズムやフォービズム、シュールレアリズムあり、
アクションペインティングもある。形をキッチリ描く必要はなく、

巨匠ほど形は稚拙です。と言うよりも、形の奥の絵心を大切にするので、敢えてそう描くのです。とにかく自由で、何でもありなのです。それが解り、西洋画が好きになりました。こうして、私は絵画に開眼し、次々と大作が描けるようになったのです。

この、私の絵画における開眼史は、そのまま詩と小説の、開眼史にもあてはまります。つまり、最近まで短歌や俳句など、いわゆる定型詩しか作ってなかったものが、文字数や季語の枠にとらわれない、何でもありの自由詩に開眼したわけです。その発端は、小説でした。小説を書くようになり、何でもありの文芸の楽しさを知ったのです。そこから、何でもありの自由詩の世界に醒め、西洋画のように、次々と書けるようになったのです。

特に、自由奔放でありながら、良く計算された谷川俊太郎の詩

には、大きな影響を受けました。シンガーソングライターの、中島みゆきと同じです。それで、私の作詞、作曲の世界にも、新しい創作の世界が広がったのです。

こうしてできた詩集、『明日になれば』は、比較的まじめな詩を集めた一冊です。これを読んだ人は、私がまじめな詩人だと思うかもしれません。一方、詩集『ハレー彗星』は、おもしろくて楽しい、言葉遊びのオンパレードです。これを読むと、おかしい詩人だと思われるでしょう。

また、アルゼンチンに五日間で往復した、九十六時間の機内と空港で作った三十四篇の詩は、そのまま、詩集『泡立つ紅茶』の一冊になりました。これを読むと、「ウニ」入りミックスピザのように、「まじめ」と「おかしさ」がミックスされた、新しい味

になったと思うでしょう。

　面白いことに、小説で言葉遊びや駄洒落を嫌う人も居ますが、谷川俊太郎やまどみちおの詩集を見て、それを嫌ったり、批判する人は居ません。また、日本の伝統芸能の落語や狂言は、言葉遊びのオチが多いのです。短歌でも、「掛詞」は、伝統的な気の利く修辞法でした。こうして、洒落は、もともと知性と教養を必要とする、気の利いた表現だったのです。それが、一九六〇年代以降、これに価値を認めない人々から「駄洒落」と言われるようになったのです。

　ですから、この歴史を知れば、谷川俊太郎やまどみちお、シェークスピアなどの詩人のように、言葉遊びや駄洒落の詩があっても、決して悪いはずがありません。自由詩の世界では、大歓迎される

のです。詩心とユーモアがあり、人間の本質や魂の局面を、様々な角度から表現するものなら、何でもいいのです。さらに、意外性があり、言葉使いに個性があり、調べが美しければ、もっといいのです。それが、自由詩の魅力だと言えます。

なお、『明日になれば』は、詩画集もあります。これは、ひとつひとつの詩をモチーフに、私が描いた絵を載せたものです。また、『おのれに喝！』という書言集もあります。これは、私の一言の詩を、禅僧のように書道で書いたものです。また、『墨汁の詩』は、私の俳句と書と、水墨画の先生とのコラボレーションです。

このように、私にとっては、詩心と絵心は、同じルーツのものです。すなわち、両方とも詩心なのです。そして、絵心とは、それを色彩や形で表わすもの。だから、「まどみちお」も、あんな

に素敵な絵を描くのでしょう。しかし、彼の絵画に関しては、詩よりもキッチリと描きすぎです。ミロのように、もっと軽く、もっと色や形を省略した方が、彼の詩心が前面に出てくると思います。

孔子が、教養とは「詩に興り、礼に立ちて、楽に成る」と言ったように、詩心は、魂の高貴な部分の表われです。だから、詩心が豊かであれば、芸術作品の創作範囲は、無限に広がるのです。オペラや歌曲やポップスを歌う歌手も、作詞や作曲をする人にも、歌心とは、音で表わす詩心であることを、是非知って頂きたい。

最後に……。

谷川俊太郎氏は、多くの子供たちや大人に、詩のおもしろさや楽しさを教えました。

私の詩は、無論、それほどのものとも思えませんが、わかり易

さや明るさ、また面白さに関しては、きわ立っていると思います。
この詩集を読んで、詩は自由で楽しいものなんだと、思ってくださる方が増えれば、これにまさる喜びはありません。
また全ての芸術家が、詩心を豊かにするために、詩が好きになってくれることを、切に祈るものです。

　　　　　　　　　　戸渡阿見

本書は、二〇〇九年八月に発刊された
「詩集　泡立つ紅茶」を改題し、
装いを新たにして発行しました。

戸渡阿見詩集

ねこ立(た)つ紅茶(こうちゃ)！

動物　植物　昆虫に
負けるもんか

今日も私は反省し
今日も私は進化する
毎日の反省は

毎日の進化のためだ
進化のない反省は
落ち込むだけである
だから
今日もまた
一歩の向上のために
反省して進化する

植物や昆虫や動物に
反省はあるのだろうか
人間のように
反省するとは思えないが
困難や外敵に遭遇し
命がけで学習し
適合しようとしている

それが
進化の力になっている

キラキラ輝く目で
必死で生きる昆虫たち
死にもの狂いで
エサを探す鳥たち

耳を欹て

外敵の動きを警戒する

動物たち

皆立派じゃないか

皆全力で生きてるじゃないか

一日も休むことなく

これを見れば
造物主が
生き物に進化を与えるのも
無理はない
そして
そうでない生き物には
退化や絶滅という

裁きを与えるのも
公平な事だと言える
絶滅種が増えるのは
悲しい事だ
保護は大切だと思う
しかし

何よりも
人類が絶滅しないよう
自分が
絶滅種にならないよう
必死になるべきだ

そのためには

反省という
人類の才能と
改善　工夫　向上という
人類の神なる部分を
大いに
発揮するしかない

昆虫や鳥や動物に
負けない
毎日を送る人間は
造物主が進化を与え
どんな事柄でも
どんな時にでも
命が輝くはずだ

これで

はじめて万物の霊長となり

自然界の王者になれる

そんな人間に

食べられる植物や動物は

きっと納得するだろう

駆除されたり

カゴにいれられる昆虫(こんちゅう)も

きっと諦(あきら)めるだろう

神様(かみさま)に

そうされたと思(おも)って

幸(しあわ)せ

頭(あたま)が上(うえ)で
足(あし)が下(した)
眉(まゆ)が上(うえ)で
目(め)は下(した)だ

鼻(はな)縦長(たてなが)で
口(くち)は横(よこ)
変(か)えてはならない
順序(じゅんじょ)と形(かたち)
しかし
色(いろ)やバランス
鮮度(せんど)や凹凸(おうとつ)は

少しぐらい
完璧でなくても
いいじゃないか

生き生きさえしていれば
気にならない
自然な姿のままで

幸(しあわ)せそうだもの

忍者(にんじゃ)

風(かぜ)が吹(ふ)いて
木(こ)の葉(は)が舞(ま)った
さっきのリスは
どこへ行(い)った

むむむ……
見事に
姿をくらまし た
木の葉隠れだ
おぬしは
どこの忍者だ
名乗れ

ぬぬぬぬぬ……

名乗(なの)らぬつもりか

その時(とき)

突風(とっぷう)が突(つ)き抜(ぬ)け

木(こ)の葉(は)が騒(さわ)いだ

リスはきっと

風魔忍者(ふうまにんじゃ)にちがいない

いま走り去った
さささささ——

雨もり

雨もりが激しい
天井が悪いのか
雨が悪いのか
そんなことを

ずっと考えていたら
ズブ濡れになった
結局
そんなことを考えた
ぼくが悪かった

干柿(ほしがき)

軒(のき)に吊(つる)してある
干柿(ほしがき)は
うまそうだ
実際(じっさい)に食(た)べたら

おいしかった
でも
鳥(とり)がつついたり
猫(ねこ)がなめるのを
見(み)たならば
食(た)べる気(き)に
ならないだろう

知らない内が花
いや干柿だ

わが家

大地は続く
どこまでも続く
大地が続かなかったら
どうなるか

そこは海だろう
海は続く
どこまでも続く
海が続かなかったら
どうなるか
そこは山だろう
山は続く

どこまでも続く
山が続かなかったら
どうなるか
そこは野原だろう
野原は続く
どこまでも続く
野原が続かなかったら

どうなるか
そこが
私(わたし)の家(いえ)です
地球(ちきゅう)は丸(まる)いから
どこまでも
続(つづ)くのです
一休(ひとやす)みする所(ところ)が

今この時が

ほら

私の家です

星を見つめる猫の夫婦／東州画

ラブリーな中途半端

中途半端なのが
なぜ悪い
中途半端でない
人生があるのか

中途半端でない
芸術があるのか
中途半端でない
自然があるのか
中途半端でない
宇宙があるのか

完成のないのが
人生だよ
完成のないのが
芸術だよ
完成のないのが
自然だよ
完成のないのが

宇宙だよ

問題なのは
中途半端で
やめることだ
中途半端のまま
投げ出しても

平気（へいき）なことだ

それが

中途半端（ちゅうとはんぱ）な人間（にんげん）だ

だから

中途半端（ちゅうとはんぱ）のまま

明日（あした）も一歩（いっぽ）

向上にむかう

なんと

ラブリーな

中途半端よ

泡立つ紅茶

紅茶を飲んでいたら
泡立った
そりゃそうだろう
日本茶でもそうだし

コーヒーでもそうだから

でも

紅茶(こうちゃ)は違(ちが)うんだ

特別(とくべつ)なんだ

なんで？

彼女(かのじょ)と飲(の)んだ

想(おも)い出があるからさ

また
キザな事言って……
ぼくだって
彼女と
日本茶を飲み
コーヒーを飲んだ
想い出が

一杯あるよ

紅茶だって

そりゃ

一杯飲んだよ

でも でも……

ぼくの紅茶の

想い出は違うんだ

どう違うんだい
ぼくのは……
ふられた想い出なんだ
なんだい
ぼくだって
日本茶を飲んで
ふられ

コーヒーを飲んで

ふられ

紅茶を飲んで

ふられたよ

だから

何を飲んでも

想い出が

一杯(いっぱい)あるよ
でもでもでも……
ぼくの想い出(おも で)は
違(ちが)うんだ
どう違(ちが)うんだい
彼女(かのじょ)はね……
ニュー ニュー

ニューハーフだったんだ
なんだい今さら
ぼくだって
ニューハーフじゃないか
そうだね
その時
二人の飲んでる紅茶は

急に泡立った
それを聞いてた
周囲の客の
日本茶も
コーヒーも
紅茶も
みんな泡立った

ネクタイ

ネクタイをすると
気(き)が引(ひ)き締(し)まる
パンツを履(は)いても
引(ひ)きしまらないのに

これはなぜか
絞首刑にあった
前世の想い出か
奥さんに
首を絞められる
未来の予感か
それとも……

首輪(くびわ)をつけられ

小屋(こや)につながれる

犬(いぬ)の怨念(おんねん)か

わからない

わからないまま

今日(きょう)も

ネクタイをしめる

人々は
なぜネクタイを
毎日毎日
締めるのか
何の疑問もなく

パーマ

パーマを当(あ)てたら
ウェーブが出(で)た
風(かぜ)が吹(ふ)くと
ウェーブがゆれる

まるで
西欧人のようだ
昔だったら
これは
チョンマゲだった
風が吹いても
何もゆれない

ただ頭頂に
黒いピストルが光り
ピューと風に鳴る
颯爽と荒野を行く
ガンマンのように

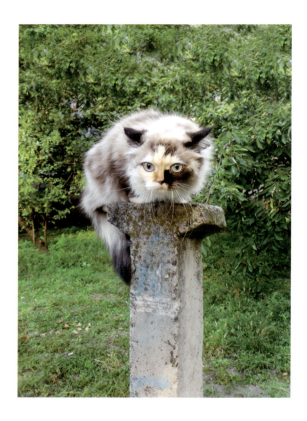

プラットホームにて

長い髪の
乙女は素敵だ
それを
ショートカットに

するなんて
何(なに)かの気分転換(きぶんてんかん)かな
それとも
失恋(しつれん)したのかな
意味(いみ)もなく笑(わら)う
あの笑顔(えがお)に
きっと秘密(ひみつ)があるはずだ

ちょっと
聞(き)いて見(み)ようか
いや失礼(しつれい)かな
でもやっぱり
気(き)になるな
しかし
どうでもいいや

そんなこと
ああ　電車に乗り遅れた
ショートカットの
彼女は笑ってる
長い髪なら
もっと素敵なのに
切った髪は

どうなったのかな

きっと

美容院(びよういん)の床(ゆか)に

無造作(むぞうさ)に捨(す)てられたんだ

そんなこと

どうでもいいや

他人(たにん)の髪(かみ)の毛(け)だ

ぼくには
関係ないよ
でもやっぱり
気になるな
あのショートカットは……
キヨスクの
お姉さんの髪型は

変(か)えないでほしい
また電車(でんしゃ)に
乗(の)り遅(おく)れるから

星のフラネーコ／東州画

使命(しめい)

いやいややっても
使命(しめい)は使命(しめい)だ
思(おも)い切(き)り
開(ひら)き直(なお)り
明(あか)るく

死ぬ気でやれば
使命を忘れ
毎日が楽しい
そして
使命が
いつの間にか
全うされる

一つを選ぶな

天丼　素うどん　かき揚げ丼

どれにしますか

うーむ　全部食べたい

どれにしますか

一(ひと)つがいいとは限(かぎ)らない

どれにしますか

では……

はいどうぞ

素(す)うどんに天(てん)ぷら(ぷ)を入(い)れ

そこにかき揚(あ)げを入れ

ご飯だけを
丼に入れます
一人前のご飯が
残りますが……
それは持ち帰り
仏壇にそなえます
ああそうですか

一つを選ぶより
三つを合わせ
活用すれば
人生は三倍楽しい
ご先祖様も
お喜びです

蝶々とトンボ

蝶々が
ヒラヒラ
飛んで来て

サラリーマンの
肩(かた)にとまる
ヒラ社員(しゃいん)に

トンボが
フラフラ
飛(と)んで来(き)て

踊（おど）り子（こ）の
頭（あたま）に止（と）まる
フラダンスに
蝶々（ちょうちょう）とトンボが
風（かぜ）にたわむれ
人間（にんげん）の鼻先（はなさき）に

ハナレ技(わざ)だ
とまる

だから
どうしたの
どうもしないよ
なんとなく

飛(と)んでるだけさ
それが蝶々(ちょうちょう)や
トンボというものさ

いろいろ考(かんが)えて
飛(と)べないのは
人間(にんげん)だけさ

ヒラヒラヒラ

フラフラフラ

いい生涯(しょうがい)を

送(おく)ってるね

蝶々(ちょうちょう)とトンボ

電流

体に電流が走る
手足に電流が流れ
全身の体毛から
放電している
これが感動だ
なんという感動なんだ

海と雪山に囲まれ
海辺の砂浜で
南極大陸を想う
地球の命運を握る
氷の大陸
南極大陸よ
生き延びてくれ
もっともっと
星よりも永遠に

黄金の国

空には虹があり
虹に雲がかかる
雲を鳥がさえぎり
表われては

消える

だが

ぼくの心には

南極大陸の

イメージが残り

砂浜を歩いても

気持ちは踊る

この砂浜(すなはま)から
海(うみ)のかなたに
南極大陸(なんきょくたいりく)がある
そこに
六種類(ろくしゅるい)のペンギンが
住(す)むそうだ
ペンギンは

毎日何を考え
暮らしてるのだろう
きっと何も考えず
氷の上を
走ったり転ぶだけだ
もったいないな
黄金の国に

住んでいるのに
知らないままで
死ぬなんて
地球上の氷の
九割を占める大陸は
黄金の国
虹がオーロラに変わる

黄金(おうごん)の国(くに)に
違(ちが)いないのに

旅(たび)

右(みぎ)を見(み)れば
山(やま)ばかり
左(ひだり)を見(み)れば
雪山(ゆきやま)ばかり

前(まえ)を見(み)れば
山道(やまみち)ばかり
後(うし)ろを見(み)れば
海(うみ)が見(み)える

ここはどこか
ノルウェーか

いいえ
アルゼンチンの
フエゴ島(とう)です
車(くるま)の中(なか)で
いつの間(ま)にか
まどろみ
われに返(かえ)り

しみじみと思った
旅から旅へと
人生は続く
山や雪山
海や道を
毎日毎日

人が
歩くように
家や会社
事務所にいても
心の景色は
旅景色だ

楽(たの)しいのやら
苦(くる)しいのやら
目的地(もくてきち)に
着(つ)くまでが
旅(たび)の楽(たの)しさ
旅(たび)の味(あじ)
旅(たび)そのものだ

人生もきっと
楽しいのやら
苦しいのやら
目的地に
着くまでが
人生の味
人生の面白さ

人生そのものだ

ジェロニモ

ジェロニモに会った
ジェロニモが笑う
ジェロニモの顔の皺は
ジェロニモ風だ

私(わたし)も
飾(かざ)らない自分(じぶん)の
そのままの
年輪(ねんりん)で
輝(かがや)きたい
ジェロニモのように

ブエノスアイレス

ここ

ブエノスアイレスは

ちょうど

日本(にほん)の

反対側にある
地球の裏側の都市だ

もしここに
地球の直径と
同じ大きさの
長い槍があれば

地面につき刺したい
そうすれば
日本に居る
友達の股にささる
友達は
さぞかし驚き
痛がるだろうな

ブエノスアイレスの
寒(さむ)い朝(あさ)に
槍(やり)のような
高(たか)い木(き)が立(た)っていた
朝(あさ)もやの中(なか)で
それが
どんどん伸(の)びている

海(うみ)

海(うみ)は広(ひろ)い
どこまでも広(ひろ)い
本当(ほんとう)かな
それは

広い海を
見ているからだろう
狭い海だって
あるよ
でも
狭い海も

広い海(うみ)と
どこかで
つながっている
だから
やっぱり
海(うみ)は広(ひろ)いんだ

ほんとうに
海(うみ)は
果(は)てしなく
続(つづ)いてる
人類(じんるい)の命(いのち)も
狭(せま)い友人(ゆうじん)
家族(かぞく)とつながり

やがては
広い地球の
全ての命と
つながっている
それから
宇宙の星の
全ての
命にまで

林

林を抜けると
林があり
その林を抜けると
また林があった
どこまでも続く

林林林林

ようやく
林を通り抜け
町に出たら
友人の
林君が待っていた
いいかげんにしてくれ

ペンギン

ペンギンが
電線(でんせん)に
三匹(さんびき)止(と)まってた
ほんとうに？

うそです

ペンギンが
鉄腕(てつわん)アトムの
背(せ)に乗(の)って
空(そら)を飛(と)ぶ
ほんとうに？

うそです

ペンギンが

陸上競技に

出場します

ほんとうに？

うそです

どこまで
うそが
続(つづ)くのですか
それは
ペンギンだけが
知(し)っている
ほんとうに?

うそです
あなたは
誰(だれ)ですか
川(かわ)ウソです
ペンギンばかり
かわいがらず

川(かわ)ウソも
かわいがってください
私(わたし)も
水(みず)に生(い)きる
動物(どうぶつ)です
命(いのち)の輝(かがや)きは
変(か)わりません

アザラシ

アザラシは泳ぐ
氷(こおり)の上(うえ)
棚(たな)ざらし

アザラシは眠る
陸の上
野ざらし

アザラシは争う
水の中
アザだらけ

アザラシはまねる

オットセイ

オット

アザラシだった

アザラシは

アザラシは

ペンギンよりも
変(へん)な顔(かお)で
変(へん)な姿(すがた)だ

それでも
かわいいのは
なぜなのか

いつも
そのままで
無邪気(むじゃき)に
遊(あそ)んでるからです

ペンギンや
オットセイを

気(き)にすることなく

天狗(てんぐ)

天狗(てんぐ)の鼻(はな)は
なぜ長(なが)いのですか
ゾウさんの
まねをして

途中で
挫折したからです
それは
いつ頃のことですか
ゾウ長魔に
なった頃です

ゾウリ虫

ぞうり虫は
草履の妖怪ですか
違います
じゃあなぜ

草履(ぞうり)に
そっくりなんですか

それは……
草履(ぞうり)に踏(ふ)まれ
それでも立(た)ち上(あ)がる
雑草(ざっそう)を

偉いと思い
敬うからです

一寸の虫にも
五分の魂です
ぞうり虫は
草履の下の
雑草をこよなく愛し

魂(たましい)で見習(みなら)う内(うち)に

ああなったのです

ほんとうは

バッタやカマキリのように

雑草(ざっそう)に似(に)るべきですが

そこを

ちょっと間違(まちが)えたのです

でも
そんなことを
ぞうり虫(むし)は
あまり気(き)にしていません
どうりで
ぞうり虫(むし)は
いつも生(い)き生(い)きして
直(ひた)向(む)きなはずだ

今日も素早く
ぞうり虫は
地面を走る
あたりに
後光を
発しながら

福(ふく)の神(かみ)

いそがしそうですね

はい

貧乏暇(びんぼうひま)なしで

お金持ちは
暇ですか

はい
時間に
余裕がありますから

でも

心(こころ)は忙(いそが)しいですよ
そうですか
お金(かね)を
なくさないように
必死(ひっし)ですから

それじゃ

貧乏(びんぼう)な方(ほう)が
心(こころ)に余裕(よゆう)が
ありますね

そうとも
限(かぎ)りません
そうですか

心(こころ)まで貧(まず)しい人(ひと)は
お金(かね)をふやすのに
必死(ひっし)ですから

それじゃ
ほどほどが
いいのですね

そうとも限りません

そうですか

心が
ほどほどの人は
お金を
なくさないように

また
お金をふやすように
必死(ひっし)ですからね

それじゃ
どうすれば
いいのですか

ボロは着(き)てても
心(こころ)は錦(にしき)か
金(かね)はあっても
とらわれず
心(こころ)の錦(にしき)を
大切(たいせつ)にするか
どちらかでしょう

あなたは
誰(だれ)なんですか
私(わたし)は
大黒屋(だいこくや)エビスという
福(ふく)の神(かみ)です

星空(ほしぞら)

飛行機(ひこうき)から
はじめて
星空(ほしぞら)を見(み)た
いつも見(み)る

星空(ほしぞら)の
何倍(なんばい)も明(あか)るく
大(おお)きく見(み)えた
飛行機(ひこうき)に乗(の)ると
星(ほし)に近(ちか)づくから
そう見(み)えるのか
ちがうでしょう

心が星に
近づくからでしょう
きっときっと

黴菌(ばいきん)

支離滅裂(しりめつれつ)な
事(こと)ばかり言(い)う
黴菌(ばいきん)がいた
尻(しり)についてた

黴菌だった

ハラハラする事ばかり言う黴菌がいた
ヘソに住んでた黴菌だった

ホラばかり吹く
態度のでかい
黴菌がいた

オナラが通る
パンツの黄ばみに
堂々と住んでた
黴菌だった

なんでも喜び
なんでも感謝する
変な
黴菌がいた
笑顔の口元に
こっそり住んでた
黴菌だった

あまりにも
ゆっくりおじぎする
黴菌(ばいきん)がいた
むれた
カツラに住(す)んでた
黴菌(ばいきん)だった

黴菌(ばいきん)は
住(す)む環境(かんきょう)に
素直(すなお)に影響(えいきょう)される
繊細(せんさい)な
生(い)き物(もの)だ
人間(にんげん)の
心(こころ)と同(おな)じように

知らない内に

知らない内に
年を取った
私です
知っている内に

年を取るのは
子供だけでしょう
でも
もうこの年まで
くれば
知らないままで
一生を

送るつもりです
毎日毎日を
子供のように
生きて

怪(あや)しい手(て)

のどから
手(て)が出(で)るほど
欲(ほ)しいものが
あった

良く見ると
本当に
のどから
手が出ていた
生つばを
飲みこむと

手(て)はひっ込(こ)んだ

ちょっと
サイフが
気(き)になると
のどの手(て)は
ぼくのサイフを

押さえこんだ

やっぱり

買おうとすると

また

のどから

手が出た

のどの手(て)の
つけ根(ね)を
良(よ)く見(み)ると
買物好(かいものず)きの
妻(つま)の
生霊(いきりょう)だった

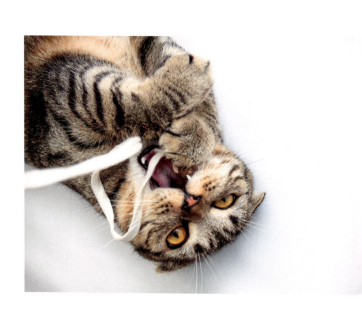

消(け)しゴム

後悔(こうかい)は
先(さき)に立(た)たず
というけれど
どこに立(た)つのかな

それは
後(あと)でしょう

後(あと)からでも
立(た)つものかな
立(た)たないでしょう
そうですよね

横(よこ)になって
不貞寝(ふてね)する
ぐらいですよね

それだけなら
いいのですが……
ほかに何(なに)か？

ふて寝して
おねしょしたら
どうなりますか
後悔しますね
そうでしょう
だから
後悔は

後悔（こうかい）を生むのです

ほんとにね
だから
後悔（こうかい）は
先（さき）に立（た）たず
後（あと）にも立（た）てない

ほうがいい

それじゃ
どうしますか
後悔(こうかい)という
やっかいなものは

それはもう
消しゴムで
消すしか
ないでしょう
消しゴムで
消えますか
消えますよ

へえー

何(なに)があっても
未来(みらい)への教訓(きょうくん)と
受(う)け取り
屈辱(くつじょく)を
バネに変(か)えて

前向きに生きる
勇気という
消しゴムが
あれば
ことですがね

その消しゴムが

あれば
ぼくも欲(ほ)しいな

そうだ
この消(け)しゴムなら
あげますよ
ほらこれです

これですか
そうです
何(なん)だか
まばゆいな
その
消(け)しゴムには

人(ひと)の目(め)
と書(か)いてあり
裏側(うらがわ)には
気(き)にしない
と書(か)いてあった

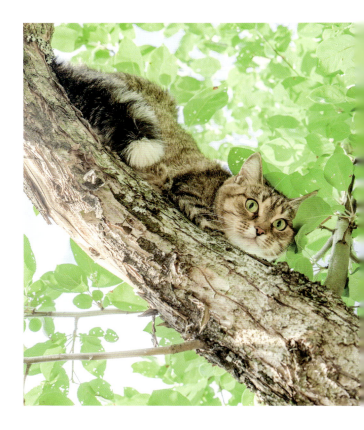

道
          みち

自
じ
分
ぶん
で
いいと思
おも
った
道
みち
を
行
い
けばいいだけ

間違った道なら
やがて
正される

だから
いいと思った道に
進むしかない

そこに
自由があり
幸せがある

決められた
道や
示された

道に
行くだけなら
自分の
人生じゃない
自分が
いいと思う

道に
今日も
進むだけだ
行き詰まり
曲がりくねった
道でも

必ず続いている

だから

行きつ戻りつして

遠回りや

余計な道が

あっても

進んで行く
限りは
必ず前に進み
やがて
目的地に
到着する

そこから

また

心（こころ）新（あら）たに

次（つぎ）の目的地（もくてき ち）に

向（む）かうのです

それが

死（し）ぬまで続（つづ）きます

いや
本当(ほんとう)は
死(し)んでからも
続(つづ)くのです
心(こころ)が萎(な)えて
歩(あゆ)みを
やめなければ

眠れない時

眠れない時は
無理して
寝なくてもいい
身体を横にして

何(なに)かをしていれば
　その内(うちねむ)眠れる

もし
それでも
眠(ねむ)れなかったら
そのまま

起きて
仕事をすれば
その夜は
寝不足気味で
ぐっすり眠れる

それでも

眠れなかったら
徹夜で
翌日も
仕事をすればいい
その夜は
死んだように
ぐっすり眠れる

それが
人間の身体です
少しぐらい
無理があっても
気にしないことです
健康を

気にするなら
命がけで
徹底することです

単に
気にするだけなら
自然の力が

弱まります
不自然な力が
働くのです

自然の力は
気にしないほど
強くなります
何かを信じて

目標を持ち
明るく生きれば
もっと
強くなります
免疫力とは
魂の力なのです

飛(と)ぶ

道(みち)が
まっすぐ
続(つづ)いている
そこを

思い切り

つっ走ると

断崖絶壁

だった

どうする?

羽根を生やして

飛(と)ぶしかない

それじゃ

飛(と)ぼう

一点(いってん)の

疑(うたが)いもなく

飛(と)ぶと

見事(みごと)に
飛(と)べた

いつの間(ま)に
ぼくは
こんなことが
できるように

なったのだ

すごく
不思議だった
そう思った
途端に
まつ逆さまに

落ちた

ええい

ままよ

落ちるなら

落ちろ

そう腹を決め

開き直ったら
また
羽根が生えた
今度は
自由自在に
飛べるようになった

空(そら)は
どこまでも広(ひろ)がり
まっ青(さお)で
気(き)持(も)ち良(よ)かった

戸渡阿見──ととあみ

小説家、劇作家、詩人、俳人、歌人、川柳家としてのペンネームを、戸渡阿見や深見東州とす。5才から17才まで、学校の勉強はあまりしなかったが、18才から読書に目覚め、1日1冊本を読み、突然文学青年になる。また、中学3年から川柳を始める。18才から俳句を始め、雑誌に投稿し始める。46才で中村汀女氏の直弟子、伊藤淳子氏に師事し、東州句会を主宰。毎月句会を行う。49才で、第一句集「かげろふ」を上梓。55才で、金子兜太氏の推薦により、現代俳句協会会員となる。57才で、第二句集「新秋」を上梓す。その他、写真句集や、俳句と水墨画のコラボレーションによる、「墨汁の詩(うた)」もある。短歌は、38才で岡野弘彦氏に師事。毎月歌会を行う。詩は、45才で、第一詩集「神との語らい」を出版。その後、詩集や詩画集を発表。54才で、井上ひさし氏の推挙により、社団法人日本ペンクラブの会員となる。56才で短篇小説集「蜥蜴(とかげ)」をリリース。第2短篇小説集「バッタに抱かれて」は、日本図書館協会選定図書となる。また、2017年に第3短篇小説集「おじいさんと熊」を発表。絵本も多数。また、56才で「明るすぎる劇団・東州」を旗揚げし、団長として原作、演出、脚本、音楽の全てを手がける。著作は、抱腹絶倒のギャグ本や、小説や詩集、俳句集、自己啓発書、人生論、経営論、文化論、宗教論など、290冊以上に及び、7カ国語に訳され出版されている。中国国立浙江大学大学院中文学部博士課程修了。文学博士(Ph.D)。中国国立浙江工商大学日本文化研究所教授。

装丁　宮坂佳枝
本文デザイン・カット　富田ゆうこ
本文写真　シャッターストック

戸渡阿見詩集　ねこ立つ紅茶！

2019年5月31日　初版第1刷発行

著　者　戸渡阿見
発行人　杉田百帆
発行所　株式会社たちばな出版
　　　　〒167-0053　東京都杉並区西荻南2-20-9　たちばな出版ビル
　　　　TEL　03-5941-2341
　　　　FAX　03-5941-2348
　　　　ホームページ　https://www.tachibana-inc.co.jp/
印刷・製本　株式会社 精興社

ISBN978-4-8133-2644-1　Printed in Japan　©2019 Totoami
落丁本、乱丁本はお取替えいたします。
定価はカバーに表示してあります。